Jules le vampire

Danièle Fossette
Thierry Christmann

Père Castor
Flammarion

BAZAR

1. Le château maudit

Dans la famille Gontran, il y a le père, la mère, le fils (c'est moi, Erwan) et une douzaine de cousins, oncles et tantes. Et, tous les trois ans, c'est le grand rassemblement de notre tribu. Notre famille arrive des quatre coins de la France.

Cette année, c'est mon père qui organise tout. Il a choisi, pour cela, le petit village où il est né, au pied des montagnes du Vercors.

–Mais il est tout petit ton village, dit Maman. Où trouver un hôtel pour nous tous ?

–Ne t'en fais pas, répond Papa, j'ai tout prévu. J'ai demandé au maire de me prêter le château. Il y a 17 chambres et une cuisine géante…

–Le château ? demande Maman, surprise. Mais je croyais qu'il était fermé après ce qu'il s'était passé.

–Oh, tu ne vas pas croire à ces histoires, toi aussi ! répond Papa.

Je tends l'oreille, intrigué :

–Quelles histoires ?

–Des histoires de vampires ! réplique Papa avec une grosse voix qui fait peur.

Puis il éclate de rire !

Des vampires ?
Ces créatures horribles qui dorment dans des cercueils et sucent le sang de leurs victimes ? J'adore les histoires qui font peur, mais dans les livres seulement ! Si c'est une plaisanterie, je la trouve de mauvais goût !

Maman n'ajoute rien. Mais son silence ne me plaît pas non plus. Je n'ai pas du tout envie de découvrir ce château. C'est déjà assez inquiétant de l'imaginer avec des couloirs où l'on se perd et des portes qui grincent.
Brrr ! Rien que d'y penser, j'ai la chair de poule.
Mais quand Papa a une idée, il est plus têtu qu'une douzaine de mules.

Et bientôt, nous voilà partis
pour ce château maudit !
La route grimpe et tourne pendant
longtemps. Je commence à avoir
mal au cœur. Tout à coup,
au détour d'un virage, Papa s'écrie :
– Regarde, Erwan, tu peux apercevoir
le château de Beauregard !

Perché sur un pic rocheux,
il est très impressionnant.
Ses tours pointues piquent les nuages.
Il est entouré de sapins noirs.
Aucune autre habitation autour !
– Au moins, nous ne dérangerons pas les voisins, dit Maman en soupirant.

Mais moi, je pense que personne non plus ne viendra à notre secours. Surtout si le château est fermé depuis longtemps, les vampires doivent être assoiffés de sang !

–Nous devons prendre les clés au village, annonce Papa, ce n'est qu'à deux kilomètres d'ici.

Je suggère :

–Et si on dormait au village, on n'irait au château que demain matin !

–C'est impossible, Erwan ! Nous devons tout préparer pour accueillir la famille !

Papa arrête la voiture devant la mairie. Je l'accompagne à l'accueil. Une grosse dame lève la tête de ses dossiers et dit :

– Vous venez sans doute pour les clés ? Monsieur le maire a laissé ce trousseau pour vous.

Et elle sort de son tiroir d'énormes clés, attachées ensemble par un gros anneau. Exactement comme dans mon livre, celui qui parle d'un château hanté...

– Celle-ci ouvre la grille, dit-elle, et celle-là, la grande porte. Ne touchez pas à la plus petite. Monsieur le maire me l'a bien répété. Elle ouvre la porte de la cave, et c'est trop dangereux de s'y aventurer !

Avant que Papa n'ait le temps de demander des explications, la dame ajoute:

–Vous n'allez tout de même pas dormir là-bas ?

–Si, pourquoi ? demande Papa.

–Oh, moi, à votre place... Enfin, si vous n'avez pas peur... Eh bien, bon courage et à plus tard... si je vous revois !

Que veut-elle dire ? Un frisson me parcourt le dos.

2. Les vampires nous souhaitent la bienvenue

La route devient bientôt un chemin caillouteux, jusqu'à ce que la grille qui entoure le parc nous arrête.
– Regarde, Erwan, voilà "mon" château ! m'annonce Papa, très fier.

Il est encore plus grand et plus sinistre que je le croyais ! Si seulement mes cousins étaient déjà avec moi… D'habitude, nous nous amusons à nous faire peur. Cette fois, nous allons avoir peur tout le temps, pour de bon !

Papa sort la grosse clé, ouvre la grille qui grince. Il rentre la voiture.
Maman et moi, nous continuons à pied sur l'allée bordée de grands arbres.
À la façon dont Maman me serre la main, je sens bien qu'elle non plus n'est pas très rassurée. Papa, au contraire, a l'air très satisfait. Il attrape deux sacs et une valise, et il monte avec entrain l'escalier du perron. Mais il s'arrête net.

Intrigués, nous approchons nous aussi. Un oiseau mort est posé devant la porte.

–Ah ! Quelle horreur ! s'exclame Maman.

Papa essaie de garder son calme, et explique que ça doit être le jardinier qui l'a mis là.

–Il a fait cela pour éloigner les autres oiseaux.

Puis, pour me réconforter, il ajoute :

–Il devait en avoir assez de se faire piller son jardin ! Va donc visiter le parc, tu pourras peut-être cueillir ton goûter sur les arbres. De notre côté, nous allons faire un peu de ménage, il doit y avoir une tonne de poussière !

Je réfléchis. Si le jardinier a voulu intimider les oiseaux, pourquoi avoir laissé celui-là près de la porte, et pas dans le jardin, au milieu des arbres fruitiers ? Et si c'étaient les vampires qui nous souhaitaient la bienvenue ? Je suis plutôt soulagé que Papa me propose d'aller dans le parc. Je ne suis vraiment pas pressé d'entrer dans ce château !

Je descends prudemment
par un petit chemin à moitié recouvert
d'herbes. Il est bordé d'arbustes
et leurs branches me griffent au passage.
Visiblement, le jardin n'a pas été
entretenu depuis longtemps.
Et pas le moindre pommier
ou cerisier en vue.
Alors, qui a laissé cet oiseau
devant la porte ? Et pourquoi ?
Je n'aime pas du tout ça.

D'ailleurs, même le parc me paraît étrange. Je n'arrive pas à m'y sentir bien. J'ai l'impression bizarre que quelqu'un m'observe. Je chasse cette idée. C'est ridicule. Personne n'habite ici. Je respire à fond et continue mon exploration.

Je découvre, un peu plus loin, un bassin. Son rebord en pierres est recouvert de mousse. Je m'approche. Soudain, un caillou tombe dans l'eau. Je me retourne vivement. Personne. Pourtant, je n'ai pas rêvé. Je vois encore les ronds dans l'eau.

Sans chercher d'explication, je prends mes jambes à mon cou. Je rentre en trombe dans le château, soulagé de retrouver mes parents.

–Alors, Erwan, comment trouves-tu le parc ? demande mon père.
–Eh bien, il y a un bassin au milieu et…

Mais Papa n'écoute même pas la réponse, parce que Maman menace de repartir immédiatement si on ne trouve pas, dans la minute, un balai. Elle a l'air furieuse :
–Quelle idée de venir dans un endroit pareil ! Et l'oncle Alfred que la poussière fait éternuer ! Et ta sœur Yvonne qui astique sa cuisine toute la journée. Jamais ils ne se sentiront bien dans un lieu aussi sale !

Mais il en faut plus pour décourager Papa. Il propose :

–Je vais aller dans la cave. C'est le seul endroit où nous n'ayons pas encore cherché le balai.

–Surtout pas ! hurle Maman. La dame t'a prévenu : le maire a bien recommandé de ne jamais ouvrir la cave. Qui sait ce qu'on pourrait y trouver !

–Que veux-tu qu'il y ait, à part quelques squelettes oubliés là ? dit Papa en plaisantant.

–Arrête tes histoires ! Tu vas finir par nous faire peur, rétorque Maman qui se sent de plus en plus mal.

Mais Papa, héroïque, déclare :
– Allons, allons, ne nous laissons pas intimider. Je descends à la cave.

Maman et moi, nous le regardons comme si nous le voyions pour la dernière fois !

3. Vampires sang pour sang

– J'ai trouvé le balai! crie Papa du fond de la cave.

Maman, soulagée, soupire:

–Remonte vite maintenant, ne traîne pas là!

Pour toute réponse, nous entendons un battement d'ailes et un cri terrible qui nous glace le sang.

Maman, effrayée, s'écrie :
– Que se passe-t-il ? Réponds-moi !

Un silence interminable est suivi d'une plainte.

Nous nous approchons de l'entrée de la cave. C'est tout noir. Maman continue d'une petite voix :
– Tu es là ? Réponds !

Soudain, je comprends : ce bruit d'ailes, ce sont les vampires ! Je sais qu'ils peuvent se transformer en chauves-souris ! Papa les a sûrement rencontrés.

Accrochés l'un à l'autre, Maman et moi attendons avec impatience que Papa nous rassure. Mais nous ne percevons qu'un gémissement. Rassemblant son courage, Maman déclare :
– Je dois porter secours à ton père. Reste là.
– Pas question ! Je descends avec toi !
– Bon, mais soyons prêts à nous défendre ! répond bravement Maman.

Nous prenons à la cuisine l'un une poêle, l'autre une casserole, et nous descendons prudemment l'escalier. J'ai tellement peur que mes genoux s'entrechoquent à chaque pas. Mais pas question d'abandonner Papa aux vampires !

Nous le trouvons, adossé à un casier à bouteilles, se frottant la tête.

– Aïe, aïe, aïe ! Je crois que... je me suis assommé. Un oiseau s'est jeté sur moi avant de sortir par la lucarne, j'ai voulu l'éviter, et ma tête a heurté le mur.

– Peux-tu marcher ? demande Maman, pressée de quitter cet endroit sinistre.

Nous remontons, Maman soutenant Papa qui s'appuie de l'autre côté sur le balai. Je referme la porte de la cave à double tour.

Maman aide Papa à s'asseoir ; mais aussitôt, elle fait un bond en arrière et s'écrie, horrifiée :

– Tu saignes !

Incrédule, Papa met la main sur son cou, et la retire toute tachée de rouge.

– Oh, une égratignure, dit-il pour me rassurer.

Cette fois, plus aucun doute. Nous partageons le château avec des vampires !

Le reste de l’après-midi se passe dans un silence pesant. Chacun est plongé dans ses pensées.
Papa balaie la cuisine sans enthousiasme et caresse de temps en temps sa bosse.
Maman pousse des soupirs de découragement chaque fois qu’elle ouvre un placard pour y ranger les provisions que nous avons amenées.
Et les araignées se sont toutes donné rendez-vous dans notre cuisine.
Quant à moi, je me demande comment je vais passer la nuit…

Comme s’il devinait mes pensées, Papa propose :

– Vous sentez-vous prêts à visiter les chambres maintenant ?

Je sursaute : encore une épreuve à passer !

– Quelle surprise nous attend au premier étage ? dit Maman, assez énervée. Des cafards ou des rats ?

Papa, gentiment, la rassure :

– Je crois qu’il n’y a que d’adorables petites souris.

Puis, d’une voix solennelle qui ne va pas du tout avec ses pansements et sa bosse, il ajoute :

– Seigneur et gente Dame, me ferez-vous l’honneur de visiter mon château ?

Maman pousse un soupir encore plus long.

À la queue leu leu, nous gravissons l'escalier en colimaçon. Je ne peux m'empêcher de jeter des coups d'œil derrière moi, au cas où un vampire nous suivrait. À l'étage, nous trouvons une lourde porte en chêne.
Papa essaie de la pousser, mais elle résiste.
Et si nous étions pris au piège, dans cet escalier étroit et sans issue ?
– Je vais enfoncer la porte, dit Papa en se prenant maintenant pour un héros.
– Tu n'y arriveras jamais, répond Maman qui n'a pas l'habitude des héros.

Papa, vexé, se jette de tout son poids sur la porte… elle cède d'un coup.
Il est reçu par un chevalier en armure qui s'effondre avec un bruit de ferraille épouvantable. Un fou rire nerveux nous prend, Maman et moi.

Retrouvant vite son humour, Papa dit:
–Quelle idée de laisser traîner des chevaliers partout!

Puis il ajoute, en serrant la main de l'armure rouillée:
–Enchanté tout de même de faire votre connaissance! Et... désolé de vous laisser dans cet état, je dois continuer la visite!

Devant nous, il y a un long couloir et une douzaine de portes. Papa ouvre la première, sans difficulté cette fois. Une odeur de moisi s'échappe de la chambre. Les rideaux sont fermés. Il faut un peu de temps pour que nos yeux s'habituent à l'obscurité. Puis nous distinguons un lit très haut, recouvert d'un édredon rouge, une armoire immense et une table. Un miroir aussi grand que moi est accroché au mur d'en face. Mais de larges traits sombres m'empêchent de bien me voir. Soudain, je comprends. Ce ne sont pas des traits mais des mots ! Des mots écrits… en ROUGE SANG !

4. Une nuit terrible

PARTER D'ICI
OÙ LES VAMPIRRES S'OCCUPERONT
DE VOUS CETTE NUIT !

– Charmant accueil ! Qui a bien pu écrire cela ? demande Maman toute pâle.

– Sans doute quelqu'un qui aime les plaisanteries mais pas l'orthographe, répond Papa.

Prenant un coin de l'édredon, Papa frotte le miroir, mais il ne peut effacer qu'une partie des mots.

– Tant pis ! Nous avons suffisamment de chambres pour laisser celle-ci fermée !

Maman voudrait ajouter quelque chose, mais elle me regarde et dit seulement :

– Tu as raison. Ce n'est qu'une mauvaise plaisanterie.

Papa et Maman choisissent la chambre suivante et me proposent celle juste en face. Puis, j'entends Papa dire à Maman :

– Heureusement que notre fils n'est pas peureux. Sinon, jamais il ne pourrait passer la nuit dans ce château !

Après cela, impossible de leur demander de dormir avec eux !

Nous allons chercher les valises
et je déballe mes affaires.
La chambre paraît moins inquiétante
avec mon désordre personnel.
Mais je n'arrive pas à oublier le message.
Décidément, il se passe trop de choses
bizarres ici.

Je m'approche de la fenêtre. Je me sens pris au piège par la nuit qui arrive. Affolé, j'essaie de me souvenir de tout ce que j'ai lu sur les vampires. De l'ail ! Je me rappelle qu'ils ne supportent pas l'ail. Ça les fait fuir. Je me retourne.

–Maman, as-tu pensé à apporter de l'ail ? J'aimerais qu'il y en ait dans tous les plats, j'adore ça !

–Et... depuis quand ?

Je sens que je vais passer pour un lâche si j'avoue que c'est par peur des vampires.

–Depuis que j'ai lu que l'ail aidait à dormir.

–Désolée, dit Maman, mais ce soir il n'y aura que des sandwichs au fromage...

Mais elle ajoute, en me caressant les cheveux :

–Tu dormiras peut-être mieux si nous laissons les portes de nos chambres entrouvertes.

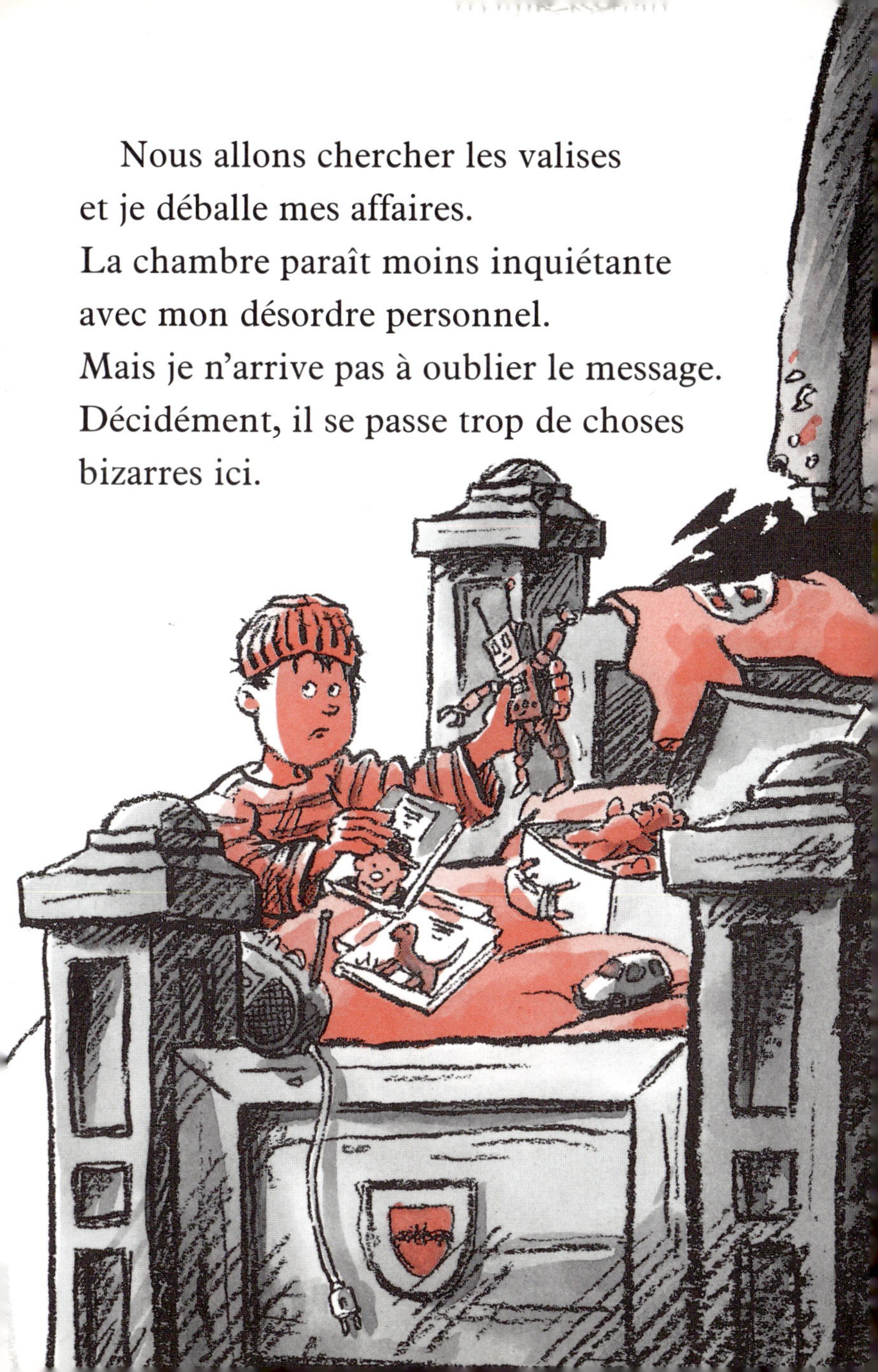

En entrant dans ma chambre, je vérifie que la fenêtre est bien fermée.
Puis j'enfile mon pyjama et je me glisse rapidement dans les draps. J'hésite à éteindre la lampe. En face de moi, un tableau représente un homme avec un sourire moqueur. J'ai l'impression qu'il me regarde vraiment.
Près de la petite table, une penderie est fermée par un rideau. On dirait même qu'il y a encore de vieux vêtements suspendus à l'intérieur. Qui a pu les laisser là ? Je ne me sens pas assez rassuré pour y jeter un œil.

Les yeux fixés au plafond, je découvre dans le bois d'étranges personnages qui apparaissent et disparaissent avec les lueurs de la lampe.

Soudain, un craquement me fait sursauter. D'un bond, je me redresse dans mon lit. Il me semble que le bruit vient de la penderie. Je reste immobile, l'oreille aux aguets. C'est alors que la fenêtre s'ouvre, toute grande. Le vent s'engouffre dans la chambre. J'étais pourtant sûr que la fenêtre était bloquée. Comment a-t-elle pu s'ouvrir ? Je voudrais avoir le courage d'aller la fermer, mais j'ai bien trop peur. Je hurle :

–Papa, Maman !

Ils accourent aussitôt.
–Que se passe-t-il, Erwan ? demande Maman, affolée.

Je n'ose pas leur avouer que je suis mort de trouille.
–Je… je crois que j'ai froid !
–Ce n'est que ça ! Cela peut s'arranger, réplique Papa, moqueur,
et il referme la fenêtre.

Maman m'embrasse et me laisse une lampe de poche.

Dès qu'ils ont fermé la porte, j'allume la lampe et inspecte de nouveau la chambre. Là, derrière le rideau, je vois aussi le bout d'une paire de chaussures. Je ne l'avais pas remarquée tout à l'heure. Décidément, je n'aime pas cet endroit. Si je survis jusqu'à demain, je promets que je ne lirai plus jamais de livres qui font peur au lieu de faire mes devoirs, et que je ne mangerai jamais plus de trois barres de chocolat ! Si seulement j'arrivais à dormir, la nuit passerait plus vite… Rassemblant mon courage, j'éteins ma lampe de poche et je me glisse tout au fond du lit.

5. Le mystère de la penderie

Un vampire ! Il s'approche de mon lit en ricanant. Ses longues canines pointues brillent dans le noir. Il plante ses ongles dans mon épaule. Je ne peux plus bouger. Je sens son souffle chaud dans mon cou ! Il veut sucer mon sang…

– Non, pas ça ! Je ne veux pas ! Au secours !

Je me débats, mais maintenant il me tient par les épaules. Il m'appelle même par mon prénom. Soudain, il braque la lampe de poche sur moi et… je me réveille tout à fait.

–Calme-toi, Erwan, ce n'est qu'un cauchemar !

C'est Papa qui me tient dans ses bras. Honteux de l'avoir réveillé encore une fois, j'avoue :

–Papa, je suis sûr que des vampires habitent ce château.

–Écoute, même s'il y a une douzaine de vampires, pourvu qu'ils ne dansent pas le flamenco toute la nuit et me laissent dormir, ça m'est bien égal ! Il y a de la place pour tout le monde. Allez, rendors-toi et n'y pense plus. À demain matin !

Et, bâillant une dernière fois, il me laisse. Ne plus y penser ! Facile à dire. Je ne pense qu'à ça ! Je me réfugie sous le gros édredon, les yeux grands ouverts et l'oreille aux aguets.
Après tout, ce n'est peut-être pas seulement un cauchemar. Il vaut mieux que je reste prudent. Je décide même de garder la lampe allumée.
Mais, au bout de quelques minutes, je sens que mes paupières se font lourdes.

C'est un bruit qui me réveille en sursaut. Je disparais le plus possible sous l'édredon. C'est comme… comme un éternuement ! Est-ce que ça peut s'enrhumer un vampire ? Grelottant de peur, j'attends, sans oser respirer. « Atchoum ! Atchoum ! »

Il y a quelqu'un avec moi dans la chambre ! Je risque un œil par-dessus l'édredon. Je vois alors le rideau de la penderie bouger ! J'ouvre la bouche comme pour crier, mais aucun son ne peut passer ma gorge. Soudain, j'entends un énorme remue-ménage derrière le rideau et je vois sortir à quatre pattes un gros bonhomme avec une longue barbe.

Sa figure toute rouge me rassure un peu : les vampires ont toujours le teint pâle, donc ce n'en est pas un. Mais on ne sait jamais. Peut-être que celui-là a pris un coup de lune ! Il secoue ses vêtements, puis me dit :

– N'aie pas peur, fiston, je suis un grand-père inoffensif. Excuse-moi de t'avoir réveillé, mais je n'en peux plus. Jouer à cache-cache n'est plus de mon âge. J'ai des crampes et la poussière me fait éternuer.

J'arrive à bredouiller :

– Qui… qui êtes-vous ?

– Je suis Jules-tête-de-mule, enfin… c'est mon surnom.

– Vous vivez… euh… ici ?

– Oui, mais… d'habitude, je ne dors pas dans la penderie !

– Vous êtes le propriétaire du château ?

– Non, pas vraiment. Bon, écoute, je dois tout t'avouer…

6. L'histoire de Jules-tête-de-mule

Complètement réveillé cette fois, et assis sur le lit, je l'écoute me raconter son histoire.
Comme Jules ne peut plus payer le loyer de sa maison, il a tout simplement décidé de vivre dans le château qui est fermé depuis longtemps.
En faisant croire qu'il s'y passe de drôles de choses, il est tranquille.
Personne n'ose venir.

– Tu comprends, fiston, je n'en ai toujours fait qu'à ma tête, alors moi, Jules-tête-de-mule, j'ai décidé que c'est ici que je passerai mes vieux jours. Mais quand je vous ai vus arriver, j'ai eu peur. Vous alliez peut-être découvrir ma cachette et me dénoncer. Alors...
– Alors, tu as voulu nous effrayer pour que nous partions au plus vite !

Il baisse la tête, un peu honteux. Je réfléchis.
– L'oiseau devant la porte, le caillou dans l'eau, le message sur le miroir et mon père blessé, c'est toi ! dis-je stupéfait.
– Ah non, je ne suis pour rien dans la chute de ton père ! C'est à cause de la chouette qui habite dans la cave. Quand elle l'a vu, elle a été effrayée et s'est envolée. Lui, il a fait un bond pour l'éviter et il s'est assommé.

–Comment le sais-tu ?

Jules paraît très embarrassé :

–Eh bien, parce que j'ai tout vu. À ce moment-là, j'étais caché dans la cave.

J'oublie ma peur et j'éclate de rire, tellement soulagé que ce soit lui le vampire !

– Tu peux te vanter de m'avoir fait peur !
– Je suis désolé, fiston. Quand j'ai compris que tu choisissais ma chambre, enfin… je veux dire… cette chambre, je n'ai pas eu le temps de me sauver. Je me suis caché dans la penderie en attendant que tu dormes, mais tu n'arrêtais pas de te retourner dans ton lit !

Jules hésite, puis ajoute :
– Tu vas tout raconter à tes parents, bien sûr, et je ferais mieux de quitter le château avant que ton père ne se fâche…

Jules est maintenant debout, près de la porte, et il paraît très vieux. Je pense que ce n'est pas juste. Pourquoi Jules n'aurait-il pas le droit de rester dans ce château si personne ne l'habite ?

– Écoute, Jules, mes parents vont bientôt se réveiller. Si tu veux, attends-nous dans la cuisine. Je vais leur demander conseil. Ils pourront peut-être t'aider.

Je vois son sourire gêné derrière sa barbe. Il a vraiment l'air d'un Père Noël qui se serait trompé de jour !

Lorsque je leur raconte toute l'histoire, mes parents se demandent si je n'ai pas rêvé. Mais, quand nous descendons à la cuisine, une bonne odeur de café nous accueille. Jules a même mis la table du petit-déjeuner. C'est un peu comme moi quand j'ai une bêtise à me faire pardonner !

Maman est plutôt surprise de découvrir une cuisine accueillante. Papa examine Jules de la tête aux pieds. Puis je lis dans ses yeux que lui aussi le trouve sympathique.

– Merci de nous avoir préparé un bon bol de sang, Monsieur le Vampire, dit mon père avec un sourire.

Le vieil homme baisse la tête, très gêné. Mais Papa éclate de rire et dit :

– Eh bien alors, Jules, tu ne me reconnais pas ? Je suis le petit Pierre. Celui qui te faisait toujours des farces autrefois. Rappelle-toi : je sonnais à ta porte et je me sauvais. Je volais les noix de ton jardin…

Jules regarde mon père, stupéfait, puis ouvre tout grand ses bras :
– Ça alors, le petit Pierre !
– Mais… vous vous connaissez ? demande Maman qui n'y comprend plus rien.
– Oh oui, je connais ce petit voyou, ce petit chenapan ! dit Jules en riant.

Je n'en reviens pas : c'est de mon père qu'il parle. Lui qui me dit toujours, qu'à mon âge, il ne faisait pas de bêtises ! Les voilà maintenant qui se racontent les souvenirs du village.

Puis Jules ajoute tristement :
– Tout cela est bien fini. Où vais-je habiter maintenant ?

Mon père réfléchit, et soudain son visage s'éclaire :
– J'ai peut-être une idée…
Le maire m'a dit qu'il faudrait un gardien pour ce château. Tu pourrais peut-être proposer tes services !

Les yeux de Jules se mettent à briller.
– Mais auparavant, j'ai moi aussi un service à te demander…

Et, avec la tête de celui qui va faire une bonne farce, Papa nous explique son plan…

–Les voilà ! Les voilà !

La famille est arrivée des quatre coins de la France. On fait le compte : tout le monde est là. Les cousins, les oncles, les tantes… On s'embrasse. On rit.

Soudain, Tante Yvonne regarde le château et dit :

–Oh ! là, là, il est impressionnant ! On dirait le château de Dracula ! Vous êtes sûrs qu'il n'y a pas de vampires ?

Mon père me fait
un clin d'œil discret et répond :
– Je n'osais pas en parler
mais il nous a semblé entendre
de drôles de bruits, la nuit dernière.

J'ajoute, en regardant mes cousins :
– On dirait même qu'il se passe
des choses bizarres ici.
– Oui, très bizarres, confirme Papa.

Puis il me dit à l'oreille :
– Je crois qu'avec l'aide de Jules, nous allons bien nous amuser !

L'auteur

En tant que professeur,
Danièle Fossette connaît bien
les enfants et l'univers de l'école.
Mais c'est également en puisant
dans ses souvenirs d'enfance
qu'elle invente ses histoires.
Elle vit aujourd'hui près de Grenoble.
Dans la même collection, elle a écrit
Le monstre que personne n'a vu
en Chanteloup, *L'arbre à grands-pères*
en Loup-Garou et *Juliette la pipelette*
en Faim de Loup.

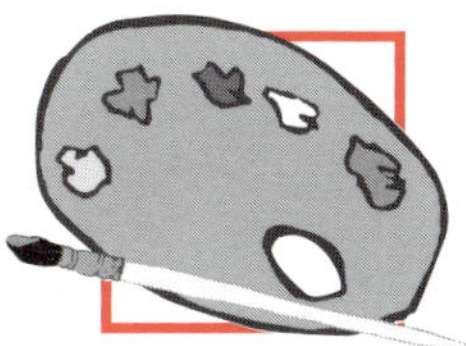

L'illustrateur

Thierry Christmann vit à Strasbourg.
Il aime les histoires qui le touchent,
et qui lui permettent à chaque fois
de changer d'univers.
Au Père Castor, il est l'illustrateur
du *Petit voleur d'instants* en
Loup-Garou, de *Trésor chez les pirates*
en Faim de Loup, et de couvertures
de la collection "Castor Poche".

Autres titres de la collection

Pas touche à mon copain !

Simon est étrange : il ne sourit plus, s'isole et ne répond même pas aux questions de Rémi, son meilleur copain.

Trésor chez les pirates

Quand les terribles pirates découvrent un bébé égaré dans leur butin, c'est la panique à bord ! Qui saura s'en occuper ?

Pour Noël, réveillons-nous !

Le réveillon de Noël va être gâché ! La maman de Roxane a invité deux voisines plutôt ennuyeuses.

Je suis invisible !

Nicolas s'enferme dans son bureau, un jour de grande colère, et disparaît. Transparent, plus personne ne le voit.

L'étrange monsieur Garou

« Le monsieur qui vient d'emménager à côté de chez moi a une allure bizarre… et il s'appelle Jean-Loup Garou ! »